Steff, d.i. Stefanie Rölz, wurde 1977 in Amberg geboren und lebt noch heute dort. Zusammen mit Tobias Hiltl gründete sie 1996 die Firma sheepworld AG, die sich ganz ihren Lieblingstieren, den Schafen, verschrieben hat. „Den Menschen ein Lächeln auf die Lippen und ein wenig Schaf in die Herzen zaubern" ist ihr erklärtes Ziel.

Georgenstraße 16
92224 Amberg

Printed in Europe
ISBN 3937-46020-9

Mehr zu Steff und ihren Schafen unter www.sheepworld.de

Steff

Ich vermisse dich

so sehr!

sheepworld

Ich vermisse dich
in der Badewanne!
Die Quietscheente
ersetzt dich nicht...

Ich vermisse dich
beim Spielen
draußen
(und noch mehr
beim Spielen
drinnen...)!

Ich vermisse dich
in der U-Bahn,
denn ich sitz'
am liebsten
neben dir!

Meine Lippen vermissen dich! Und meine Augen, und meine Hände, und meine Nase...

Das Bett und ich vermissen dich!

Ich vermisse dich
bei jedem
Sonnenuntergang,
ganz egal
wie schön er leuchtet!

Selbst im allergrößten Gewimmel bin ich ganz einsam, denn ich vermisse dich so!

Ich vermisse dich
ganz schrecklich
und jeden Tag
noch ein
Stückchen mehr!
Komm bitte
ganz bald wieder!